POEMAS TARDIOS

MARGARET ATWOOD
POEMAS TARDIOS

Tradução de Stephanie Borges

Título original
DEARLY

Primeira publicação, em 2020, no Reino Unido pela Chatto & Windus.

Copyright © 2020 *by* O. W. Toad Ltd.

O direito de O. W. Toad Ltd. de ser identificada como autora dessa obra foi assegurado em conformidade com o Copyright, Designs and Patents Act 1988.

Todos os direitos reservados.
Nenhuma parte desta obra pode ser reproduzida no todo ou em parte sob qualquer forma sem a devida autorização.

PROIBIDA A VENDA EM PORTUGAL

Direitos para a língua portuguesa reservados com exclusividade para o Brasil à
EDITORA ROCCO LTDA.
Rua Evaristo da Veiga, 65 – 11º andar
Passeio Corporate – Torre 1
20031-040 – Rio de Janeiro – RJ
Tel.: (21) 3525-2000 – Fax: (21) 3525-2001
rocco@rocco.com.br
www.rocco.com.br

Printed in Brazil/Impresso no Brasil

Preparação de originais
CATARINA NOTAROBERTO

CIP-Brasil. Catalogação na publicação.
Sindicato Nacional dos Editores de Livros, RJ.

A899p

Atwood, Margaret
    Poemas tardios / Margaret Atwood ; tradução Stephanie Borges. – 1ª ed. – Rio de Janeiro : Rocco, 2022.

    Tradução de: Dearly
    ISBN 978-65-5532-302-3
    ISBN 978-65-5595-156-1 (e-book)

    1. Poesia canadense. I. Borges, Stephanie. II. Título.

22-79610

CDD: 819.11
CDU: 82-1(71)

Meri Gleice Rodrigues de Souza – Bibliotecária – CRB-7/6439

O texto deste livro obedece às normas do
Acordo Ortográfico da Língua Portuguesa.

Queridos leitores,

Recentemente andei mexendo numa gaveta com escritos antigos dos tempos da adolescência e dos anos de faculdade. Eu rabiscava o tempo todo: ficções, ensaios, peças. E poemas: terminados, inacabados, parcialmente concluídos. A maioria era bem ruim, mas havia muitos. Alguns foram enviados para revistas, com esperança e um envelope de devolução devidamente selado, no qual eles foram, muitas vezes, devolvidos. Eram poemas com temas diversos: peônias, a Revolução Húngara de 1956, o inverno, cabeças cortadas. Coisas da vida.

Os poemas foram escritos com caneta tinteiro, a lápis, com esferográficas – o que estivesse à mão – em papéis pautados, sem pauta, folhas em branco, amarelados, azuis, mais uma vez, no que estivesse ao alcance. Olhando os poemas manuscritos originais de *Poemas tardios*, vejo que meus métodos não mudaram. Uso a palavra "métodos" com liberdade, pois nunca tive qualquer método, nunca fiz nenhuma aula que me ensinasse algum. Não havia tais cursos no Canadá no final dos anos 1950.

Entre os livros de poesia, eu deixava os poemas escritos à mão se acumularem numa gaveta. Eu trabalhava em alguns, datilografando-os com os quatro dedos que uso para digitar, revisando, então datilografando outra vez. De tempos em tempos, eu espalhava os poemas datilografados pelo chão – assim como Jo faz com as páginas que escreveu no filme

Mulherzinhas – e então reorganizava, acrescentava, descartava e ponderava.

Foi assim com os poemas de *Poemas tardios*. Escritos à mão, guardados numa gaveta, digitados, revisados. Estes poemas foram escritos entre 2008 e 2019. Ao longo desses onze anos, as coisas se tornaram mais sombrias no mundo. E também, eu envelheci. Pessoas que me eram muito próximas morreram.

A poesia lida com o núcleo da existência humana: vida, morte, renovação, mudança; assim como bondade e maldade, injustiça e, às vezes, justiça. O mundo em toda a sua diversidade. O clima. O tempo. Tristeza. Alegria.

E pássaros. Há mais aves nestes poemas do que nos livros anteriores. Desejo que haja ainda mais pássaros no próximo livro de poemas, deve haver um, e também desejo que existam mais pássaros no mundo.

Que possamos todos ter esperança.

Margaret Atwood

Para Graeme, *in absentia*

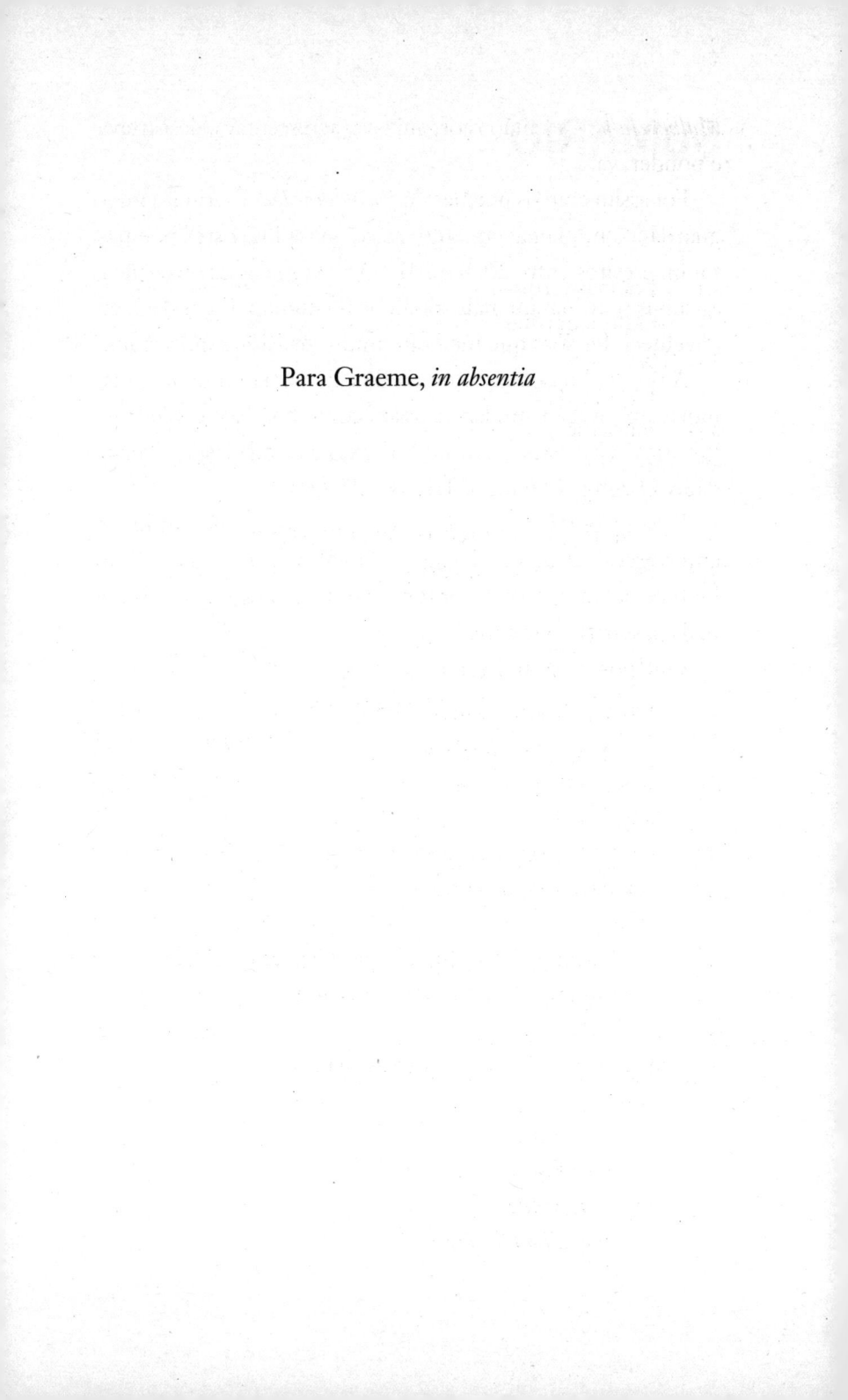

SUMÁRIO

I.

13 Poemas tardios
15 Gato fantasma
17 Sal
19 Passaportes
21 Nevasca
23 Coco
25 Souvenirs
27 A mulher de lata recebe uma massagem
29 Se não houvesse o vazio

II.

33 Uma aula sobre saúde (1953)
35 Um gênero de pintura
37 Roupas de princesa
41 Cigarras
43 O curioso sexo das lesmas
45 A vida sexual dos outros
47 Traição
49 Frida Kahlo, San Miguel, quarta-feira de cinzas
51 Cassandra pensa em recusar o dom
53 Sombra
55 Canções para as irmãs assassinadas
    1. *Cadeira vazia*
    2. *Feitiço*
    3. *Raiva*
    4. *Sonho*
    5. *Alma de pássaro*

	6. *Perdida*
	7. *Fúria*
	CODA: *Canção*
71	Os entes queridos
73	Desenterrando as citas

III.

77	Cogumelos de setembro
79	Esculpindo lanternas de Halloween
81	Um drone escaneia os destroços
83	Em chamas
85	Sobre lobisomens: uma atualização
87	Zumbi
89	Chegam os aliens
93	Uma sereia choca seus ovos
95	Assinaturas da aranha
97	Na conferência de tradutores

IV.

101	Caminhada pela floresta do louco
103	Pluma
105	As luzes fatais
107	Pavor de pássaros
109	Notas sobre lobos
111	A arrumação da mesa
113	Improvisação a partir de um primeiro verso de Yeats
115	"Coração do Ártico"
119	Sequência do Plasticeno
	1. *Um objeto semelhante a uma pedra na praia*
	2. *Esperanças desbotadas*

3. *Folhagem*
4. *Albatroz do atol de Midway*
5. *Observações da editora*
6. *Aprendiz de feiticeiro*
7. *Baleias*
8. *O robozinho*
9. *O lado bom*

137 Rastreando a chuva
139 Ah, crianças
141 O crepúsculo dos deuses
143 Este fiorde parece um lago

V.

147 Um dia
149 Tristes utensílios
151 Férias de inverno
153 Direita-esquerda
155 Sr. Coração de Leão
157 O homem invisível
159 Sapatinhos prateados
161 Dentro
163 Fim da linha
165 Corpo desencantado
167 Demasiadamente
171 Frutas silvestres

173 Agradecimentos

I.

POEMAS TARDIOS

Estes são os poemas tardios.
A maioria dos poemas está atrasada
é claro: tarde demais,
como uma carta enviada por um marinheiro
que chega depois de ele ter se afogado.

Tarde demais para serem úteis, tais cartas
e poemas tardios são semelhantes.
Chegam como se atravessassem as águas.

Seja lá o que for, já aconteceu:
a batalha, o dia de sol, o luar
atiçando o desejo, o beijo de despedida. O poema
chega à costa como destroços flutuantes.

Ou vagaroso, como atrasado para o jantar:
todas as palavras frias ou comidas.
Patife, deplorável e aniquilado,
ou demorar, aguardar, um pouco,
abandonado, pranteado, aflito.
Até o amor e a alegria: canções roídas três vezes.
Feitiços enferrujados. Refrões batidos.

É tarde, muito tarde
Tarde demais para dançar.
Ainda assim, cante o que puder.
Acenda a luz: cante,
vá: encante.

GATO FANTASMA

Gatos também sofrem de demência. Você sabia?
Aconteceu com a nossa. Não o preto, esperto o bastante
para ser neurótico e fugir do veterinário.
A outra, toda peluda, pedaço de pelúcia.
Ela se contorcia na calçada
para pedestres ocasionais, esfregava os bigodes
nas calças deles, mas não quando começou a perder
o que poderia ser sua memória. Ela vagava à noite
pela cozinha, dando uma mordida
num tomate aqui, num pêssego maduro lá,
num pão, numa pera passando do ponto.
É isso que eu deveria comer?
Acho que não. Mas o quê? Onde?
Então subia as escadas, com pés de mariposa,
olhos de coruja, choramingando
como um pequeno e felpudo trem a vapor: *ah-uoo! ah-uoo!*
Tão tonta e esquecida. *Ah, quem?*
Arranhando a porta do quarto
bem fechada diante dela. *Me deixa entrar,*
Me dê colo, me diga quem eu era.
Nada estava bom. Nenhum ronronar. Só insatisfação. Lá fora
na caverna obscura da sala de jantar,
entrava e saía, aflita.
E quando eu ia naquela direção, eriçava o pelo, começava a
uivar
a arranhar as ondas de frequência no ar:
não importava quem eu dizia ser
ou o quanto te amo,
feche a porta. Ponha tela na janela.

SAL

As coisas eram boas, então?
Sim. Eram boas.
Você sabia que eram boas?
Naquele momento? Na sua época?

Não, porque eu estava preocupada
ou talvez com fome
ou insone, metade do tempo.
De vez em quando tinha uma pera ou ameixa
ou uma xícara com algo dentro,
ou uma cortina branca, ondulando,
ou até mesmo uma ajuda.
Talvez a luz suave da lamparina
naquela tenda antiga,
sabotando a beleza, a plenitude,
corpos entrelaçados e chamegando,
se inflamam e então acaba.

Miragens, você decide:
tudo era nunca.
Embora sobre seu ombro lá esteja,
seu tempo repousando como piquenique
sob o sol, ainda reluzindo
embora seja noite.

Não olhe para trás, eles dizem:
você será transformada em sal.
E, no entanto, por que não? Por que não olhar?
Não é brilhante?
Não é bonito, lá atrás?

PASSAPORTES

Nós os guardamos, como guardamos os cachos
colhidos nos primeiros cortes de cabelo dos filhos, ou de
amantes
que se foram cedo demais. Aqui estão

todos os meus, protegidos numa pasta, suas pontas
cortadas, cada página gravada
com viagens das quais mal me lembro.

Por que eu zanzava daqui pr'ali
ou pra lá? Só Deus sabe.
E a procissão de fotos fantasmagóricas

tentando provar que eu era eu:
o rosto um disco cinzento, olhos de peixe
capturados pelo flash intenso do meio-dia

com o olhar emburrado e luminoso
de uma mulher que acabou de ser presa.
Em ordem, essas fotos são como um gráfico

de fases da lua desvanecendo na treva; ou
como uma sereia condenada a aparecer na costa
a cada cinco anos, cada vez mais transformada

em algo um pouco mais morto:
a pele murchando no ar ressequido,
o cabelo castanho afinando ao secar,
amaldiçoada se ela sorrir ou chorar.

NEVASCA

Minha mãe dorme.
Enroscada feito um broto de samambaia
embora viva há quase um século.

Falo ao seu ouvido voltado pra cima,
o que emerge como uma pedra enrugada
sobre os montes de travesseiros:

Oi! Oi!
Mas ela mostra uma resistência ferrenha
a despertar.

Ela está bem lá no fundo, uma mergulhadora
imersa em perigosas cavernas:
lá dentro o vazio.

No entanto, ela sonha.
Percebo pela careta que ela faz
e por sua respiração pesada.

Talvez esteja abrindo seu caminho
descendo mais um rio branco,
ou caminhando pelo gelo.

Não há mais aventuras para ela
no ar rarefeito, neste quarto
com a sua cama e as fotos da família.

Vamos sair e encarar a tempestade,
ela costumava me dizer. Então talvez
ela encare a tempestade agora.

Enquanto isso observo uma aranha
deixar um rastro pelo teto,
pequena mensageira do pó.

O relógio tiquetaqueia e o dia murcha.
O crepúsculo decanta sobre nós.
Quanto tempo devo ficar?

Ponho a mão na testa dela,
acaricio seus cabelos ralos.
Como ela era alta,

como todos nós encolhemos.
É hora de ela ir mais fundo
na nevasca diante dela,

cheia de luz e escuridão, como a neve.
Por que não consigo me desapegar dela?
Por que não consigo deixá-la ir?

COCO

Logo depois da guerra havia mais coisas para comprar.
As laranjas estavam de volta
e o preto e branco se transformou num arco-íris.

Abacates ainda não,

embora de repente, na calmaria
do inverno, no nosso porão
um coco se materializou
como o seio redondo e peludo
de uma abominável mulher das neves.

Por que no porão?
Lá ficava o machado.

Colocamos um prego longo de aço
em cada um dos três olhos macios
e retiramos a água mais doce.
Então colocamos o globo num bloco
e o partimos ao meio.

Os pedaços estalaram pelo chão,
que naquela época não era limpo
no tempo do carvão e das brasas.

Provar o néctar dos deuses pela primeira vez!
Embora misturado a cinzas e cacos da destruição
o Paraíso é sempre assim, se você ler os textos com atenção.

SOUVENIRS

Viajamos, trazemos coisas de volta
daquele litoral de lua alienígena
onde não arranjamos as mesmas pílulas daqui,
nem a pasta de dentes, ou a cerveja local.
Damos aos outros essas coisas estrangeiras,
compradas em barracas:
tricôs regionais, ferramentas engraçadas,
duendes de madeira. Conchas, nacos de rochas.
Elas se acumulam em nossa bagagem.
São souvenirs para os amigos,
lembranças.

Mas quem se lembra do quê?
É um chapéu fofo de gato, mas você nunca foi lá.
Eu me lembro de comprá-lo
e você pode se lembrar de que uma vez
foi lembrada: eu lembrei
de algo para você.
Era um dia de sol,
mas abafado. As crianças tinham cabecinhas
e os cabelos muito claros.

Eu apareço nos sonhos dos outros;
é bem mais comum do que antes.
Às vezes nua, eles dizem,
ou cozinhando: parece que cozinho muito.
Às vezes como uma cadela velha
carregando uma carta enrolada
nos dentes tortos, destinada a: *daqui a pouco.*

Às vezes um esqueleto
num vestido verde de cetim.
Sempre estou lá por um motivo,
Assim dizem os sonhadores;
Eu não tenho como saber.

Isso é o que eu trouxe para você ao voltar
da vida dos sonhos, do litoral da lua alienígena,
de um lugar onde não há relógios.
Não tem cor, mas tem poderes
ainda que eu não saiba quais são
nem como acioná-los.

Aqui, é seu agora.
Lembre-se de mim.

A MULHER DE LATA RECEBE UMA MASSAGEM

No lençol de flanela
na posição de um morto boiando,
de bruços. As mãos descem,
ignoram a pele,
o xilofone da espinha,
evita inchaços e lóbulos,
vai para o tecido profundo,

se concentra nas pequenas dobradiças
que coaxam feito pequenos sapos –
zunindo as cordas de categute
dos tendões tensos doloridos.

Como estou travada enferrujada,
tão fechada, tão oxidada.
Embalagem velha de feijão em lata,
a mulher de lata largada na chuva.
Se mexer é doer.
Tão corroída.

Quem costumava reclamar
de não ter um cérebro?
Um garoto de palha e pano.

Em mim, é o coração:
essa é parte que falta.
Antes eu queria um:
uma almofada elegante de seda rubra,

pendurada numa fita encarnada,
boa para espetar alfinetes.
Mas mudei de ideia.
Corações doem.

SE NÃO HOUVESSE O VAZIO

Se não houvesse o vazio, não haveria vida.
Pense nisso.
Todos aqueles elétrons, partículas, coisas assim
amontoadas muito juntas como tralha no porão,
lixo no compactador
esmagadas juntas num bloco maciço
então não há nada além do plasma:
não há você nem eu.

Por isso eu elogio o vazio.
Terrenos baldios com plástico e cardos ao vento,
casas vazias, seus bolos de pó,
olhares vazios, azuis como o céu janela afora.
Hotéis de estrada com *Há Vagas*
piscando lá fora, uma flecha apontando,

apontando o caminho a seguir
até a recepcionista entediada, a chave em forma de chave
pendurada num chaveiro de couro marrom,

a chave que abre o quarto vazio
com chão de linóleo com marcas amarelo remela
o sofá florido e as almofadas murchas
a cama emborcada cheirando a mofo e alvejante
o rádio balbuciante
o cinzeiro que já estava aqui
setenta anos atrás.

Para mim, aquele quarto está estático faz tempo:
um vazio um vácuo um silêncio
contendo uma história não ouvida
pronta para que eu a destrancasse.

Que venha a trama.

II.

UMA AULA SOBRE SAÚDE (1953)

Meninas, meninas, meninas, meninas, meninas!
Sosseguem!
Isso aqui não é um circo de três picadeiros!
É uma sala de aula.
Hoje vamos falar de Sangue.
Silêncio, por favor!

Vocês acham que não consigo ver vocês daqui?
Conheço seus truques e ofensas,
Sei dos seus cochichos,
Sei onde vocês prefeririam estar
e suas posturas preferidas,
todas esparramadas.

Vocês gostam de fingir que sou engraçado,
mas as apavoro:
eu que já fui gelatina rosada
sou agora uma lua fria cinzenta
à sua espera no futuro.
Lá vocês precisarão de mim.

Exibirei meu rosto ossudo para vocês.
Lhes darei uma visão claríssima.

UM GÊNERO DE PINTURA

Aqui estão as tulipas
em botão e desabrochadas,
seu pendor e declive, seus brilhos e poses,
o cetim de seu mistério.

Aqui estão os guardanapos de linho,
texturas e rugas,
O jeito como eles se encharcam da luz
de uma vela ardendo,
a tristeza suave de suas sombras.

Aqui estão os coelhos esfolados
pendurados num varal
abertos até o músculo, o nervo brilhoso,
a carne crua da qual se pode sentir o cheiro:
ferrugem quente, água de pântano.

Aqui está a mulher usando uma faca
entre cebolas e vísceras,
as mangas arregaçadas, manchadas.
Ela nos olha obliquamente:
ela sabe o que corpos comem.

Este é o trabalho ou oração dela,
sua graça, sua oferta:
essas entranhas e pétalas moribundas,
a vela a arder trêmula.

ROUPAS DE PRINCESA

i.
Pessoas demais dão palpite sobre o que ela devia vestir
assim vai ficar elegante, ou ao menos
assim não vai ser morta.

Mulheres se mudaram para a casa ao lado
enroladas em pedaços de pano
considerados inadequados.

Elas estão dando um mau exemplo.
Preparem as pedras.

ii.
Pele é um problema também:
a própria e a de alguns animais.
Uma vez que o mundo está quase sem plumas
tudo por causa de chapéus e tiaras.

Para que isso, meu amor,
depenar os pássaros?
Uma vez que não há o que ela deixe de fazer
para ficar atraente.
Tantas coisas para usar na cabeça:
fitas e navios, todos emborcados.

Agora seu torso jaz numa vala
como uma luva perdida, um livro largado
em grande parte não dito. Não lido.
No palácio tão alto das palavras, menos uma princesa.

iii.
Oh, cuidado,
descubra os seus cabelos,
do contrário eles queimarão seu castelo.
Espera um pouco: cubra!
Cabelo. Tão controverso.

iv.
E quanto aos pés, eles sempre foram um problema.
Dedos, saltos e tornozelos
se revezam, sendo obscenos.
Sapatinhos de cristal, os melhores para cambalear.

Várias coisas que não são o que você quer
chegam disfarçadas de flores.
Pé de lótus, as pétalas
ossos quebrados.

v.
Lã usada perto da pele
já foi uma ordem do exército.
No meio da batalha é difícil se banhar.
A lã detém os micróbios e não cheira,
ou não muito. Essa era a teoria.
Eis a caxemira!
Mas os sovacos: inconvenientes, úmidos como virilhas,
ainda que rosados:
nada femininos.

vi.
Algodão, por outro lado,
farfalhava. Ainda chia.

Evite quando fizer gravações.
Você não quer que ele atrapalhe a voz fantasma
que você deixa para trás no ar.

vii.
A seda, no entanto,
é melhor para mortalhas.
E é delas que ela vem, a seda:
sete véus que os bichos da seda tecem
na esperança de se tornarem borboletas.
Então são fervidos, e aí desenrolados.

Essa também é a sua esperança, não é?
Que além da morte exista o voo?
Retirada a mortalha, você vai se levantar,
com asas delicadas e tudo. Oh, meu bem,
não será bem assim.
Não exatamente.

CIGARRAS

Finalmente depois de nove anos
fuçando a escuridão
ele rasteja subindo pela casca cicatrizada
e interrompe a tagarelice do desejo:

a perfurante nota única de uma britadeira,
vibrante como o trovão lento de um raio
cortando o ar
e deixando um cheiro de papel betumado chamuscado.

Já ele diz *Já* ele diz *Já*
com as garras de suas seis patas se abraça,
bem apertado, a ela como uma orelha murcha,
uma folha caída, marrom de veias saltadas,
estremecendo em sintonia e chegando mais perto.

É isso, o tempo é curto, a morte está próxima, mas antes
antes, antes, antes
no sol quente, abrasador, o dia inteiro
num mês que não tem nome:
esse ruído irritante do amor. Esse barulho enlouquecedor.
Essa – reconheça – canção.

O CURIOSO SEXO DAS LESMAS

Se fosse possível nos reproduzirmos por brotos
ou esporos, não existiriam esses duelos.

Ou se um pudesse rosquear um órgão
idêntico na orelha do outro
enquanto ambos rodopiassem no ar
suspensos por um cordão tremeluzente
de lágrimas e saliva, como um excelente
número de acrobacia circense,

então funcionaria. É assim com as lesmas:
olha esses ovos perolados!

(Mais alfaces cheias de furos no futuro.)

A não ser que fiquem presas.
Isso também pode acontecer.

Não há solução a não ser cortar com os dentes
um pênis. E aí, humanos?
E se fosse com vocês? Imaginem:

a conversa após o ato: apofalação

Minha vez! Na última vez você mordeu o meu.

*Vai logo com isso ou vamos ficar aqui a noite toda,
à mercê dos predadores.*

Não me interessa! E eu não quero viver!
Você nunca me amou!
Só amou minha orelha.

Ao nascer do dia algo tem que ceder.
Ou alguém. Um alguém
vai ter que abrir mão. Uma renúncia.
É assim que seguimos em frente.

A VIDA SEXUAL DOS OUTROS

A vida sexual dos outros parece tão impossível.
Certamente não, é o que pensamos:
isso naquilo, com certeza não.
Não com essa boca suja
e esses dentes feios!
Aquela ameixa seca, aquele vara-pau!

Por favor, continue com suas roupas.
Elas existem por um motivo:
salvar você de si mesmo,
seu próprio *voyeur*.

Ninguém parece com uma estrela de cinema
nem mesmo as estrelas de cinema
nos dias de folga,
caminhando pelas ruas
procurando refeições decentes
e anonimato, sem nenhuma sorte.

Ninguém, a não ser para si mesmo
na própria cabeça, quando bêbado,
ou se for um narcisista, até sóbrio

Ou quando nos apaixonamos. Sim, *a paixão*,
aquela louca lona de circo vermelha e rosa
que à meia-luz perdoa todas as aparências,
cobre de folhas de figueira nossos amantes
e amacia nossos cérebros
e a dor de cair de bunda na serragem.

Tão tentador, esse arco de mármore falso,
ao mesmo tempo clássico e divertido –
tão grego, tão Barnum,
um farol luminoso,
com um letreiro em neon azul:

Amor! Por aqui!
Venha!

TRAIÇÃO

Quando você se depara com seu amante e sua amiga
nus na sua cama, em cima ou debaixo das cobertas,
há coisas que podem ser ditas.

Adeus não é uma delas.
Você nunca fechará aquela porta aberta sem jeito,
eles ficarão presos naquele quarto para sempre.

Mas eles precisavam estar tão pelados?
Tão desengonçados?
Se remexendo como quem celebra a volta do verão?

As pernas esguias demais, cinturas tão largas,
a falta de jeito, aqui e ali,
os tufos de cabelo...

Sim. Era uma traição,
mas não a você.
Só a alguma ideia que você tinha

dos dois, mística e sob uma luz amena,
com a neve caindo suave
e um pôr do sol lilás de dezembro –

não esse relance desajeitado,
essa carne retorcida,
flagrada pela crueza do seu olhar.

FRIDA KAHLO, SAN MIGUEL, QUARTA-FEIRA DE CINZAS

Você se foi há muito tempo,
mas aqui na galeria de souvenirs
você está em todo lugar:
bolsas de algodão estampadas, caixas de metal,
camisetas vermelhas, cruzes enfeitadas,
suas tranças enroladas, seu olhar sereno,
seu corpo de corça ou de mártir.

Um meme é no que você pode se transformar
se seu fim for estranho o bastante
e apaixonado e envolver muita dor.
A corda de um enforcado traz boa sorte;
santos são pendurados de cabeça pra baixo
ou oferecem seus seios num prato
e nós recorremos a eles, os invocamos,
nós os usamos entre nossa carne e o perigo.

Fogos de artifício, duas ruas acima.
Algo queimando em algum lugar
ou já queimou, em algum momento.
Um véu de seda rasgado, uma carta amarelada:
Estou morrendo aqui.
Amor num espeto,
um coração em chamas.
Nós te aspiramos, fumaça fina,
luto sob a forma de cinzas.

Ontem as crianças quebraram
seus ovos vazios nas cabeças uns dos outros,
batizando com glitter.

Fragmentos de conchas enchem o parque
como asas de borboletas esmagadas,
areia, confete:
azul, pôr do sol, sangue,
suas cores.

CASSANDRA PENSA EM RECUSAR O DOM

E se eu não quisesse nada disso –
que ele profetizou que posso fazer
uma vez que não traria bem nenhum
e marcaria o meu nome para sempre?
Pintar meu cabelo de preto, por um piercing no rosto,
deixar jorrar essa energia fudida,
trepar, relaxar.
Chafurdar na má reputação.

E se eu dissesse: Não, obrigada
aos favores sexuais
do Senhor Deus Músico?
E se eu ficasse bem aqui?
Bem na minha cidadezinha natal
(que será arrasada pelo fogo)
pensando primeiro nos outros
sendo solteira e lamentável?
Eu teria uma bolsa de couro azul-escuro
e faria presentes de crochê em algodão
– chapéus de boneca, capa de tampa de privada –
que as sobrinhas depois jogariam fora.
Então eu poderia chorar pelo fracasso,
pálida, serena, sem importância.

Pelo menos eu não seria ousada
como uma donzela de armadura, um para-choques.
Pelo menos eu não seria extravagante
a última a ser vista viva

naquele dia em meados de novembro
no posto de gasolina, tremendo, pegando carona
no crepúsculo, um pouco antes de

SOMBRA

Alguém quer seu corpo.

Qual o esquema?
Pedido, empréstimo, compra ou roubo?
Na sarjeta ou no pedestal?
É assim com esses corpos que alguém quer.

O quanto ele vale para você?
Uma rosa, um diamante,
muitos milhões, uma piada, um drinque?
A ficção de que alguém gosta de você?

Você podia cedê-lo, esse corpo,
como a criatura generosa que é
ou apagar e tê-lo raptado
e você nunca saberia.

Dê adeus a este corpo
que um dia já foi seu
Foi embora e foi correndo
está coberto de peles, dançando
ou sangrando num campo.

Você não precisava dele, de qualquer maneira,
ele atraía atenção demais.
É melhor ter só uma sombra.

Alguém quer sua sombra.

CANÇÕES PARA AS IRMÃS ASSASSINADAS

Um ciclo para um barítono

1. CADEIRA VAZIA

Aquela era minha irmã
Agora é uma cadeira vazia

Ela não é mais
Ela não está mais ali

Agora ela é o vazio
Agora ela é o ar

2. FEITIÇO

Se essa fosse uma história
Que eu contava para minha irmã

Um troll da montanha
A teria raptado

Ou um mago perverso
A teria transformado em pedra

Ou a trancado numa torre
Ou a escondido bem no fundo de um crisântemo

E eu teria que viajar
A oeste da lua, a leste do sol

Para achar a resposta;
Eu diria o feitiço

E ela estaria lá
Viva e feliz, sã e salva

Mas isso não é uma história.
Não esse tipo de história...

3. RAIVA

A raiva é vermelha
A cor do sangue derramado

Ele era inteiro fúria,
O homem que você tentou amar

Você abriu a porta
E a morte estava à sua frente

A morte vermelha, a raiva vermelha
Raiva de você

Por ser tão vivaz
E não se deixar arruinar pelo medo

O que você quer? Você disse.
A resposta era vermelha.

4. SONHO

Quando eu durmo você aparece
Eu ainda era criança
E você é jovem e ainda é minha irmã

E é verão;
Eu não sei do futuro,
Não no meu sonho

Estou indo embora, você me diz
Numa longa viagem.
Tenho que ir embora.

Não, fique, eu te peço
Enquanto você encolhe na distância:
Fica comigo, vamos brincar!

Mas de repente estou mais velho
Faz frio, não tem lua
E é inverno…

5. ALMA DE PÁSSARO

Se os pássaros fossem almas humanas
Qual pássaro seria você?
Uma ave da primavera com canto alegre?
Uma daquelas que voa bem alto?

Você seria um pássaro noturno
Observando a lua
Cantando Estou só, Estou só
Cantando Triste fim?

Você seria uma coruja
Uma predadora de penugem macia?
Caçadora incansável, você estaria caçando
A alma do seu assassino?

Sei que você não é um pássaro
Embora tenha voado
Para longe, muito longe.
Eu preciso que você esteja em algum lugar...

6. PERDIDA

Tantas irmãs perdidas
Tantas perdidas irmãs

Ao longo dos anos, milhares de anos
Tantas foram mandadas embora

Cedo demais no meio da noite
Por homens que pensavam ter o direito

Raiva e ódio
Ciúme e medo

Tantas irmãs mortas
Ao longo de anos, milhares de anos

Assassinadas por homens medrosos
Que queriam ser mais altos

Ao longo de anos, milhares de anos
Tantas irmãs perdidas

Tantas lágrimas...

7. FÚRIA

Era tarde demais.
Tarde demais para salvar você.

Sinto a fúria e a dor
Nos meus dedos,

Nas minhas mãos
Sinto o impulso vermelho

De matar o homem que matou você:
Isso seria apenas justo:

Pará-lo, para que ele nunca mais,
Em fragmentos pelo chão.

Estilhaçá-lo.
Por que ele ainda estaria aqui

E você não?
É isso o que você quer que eu faça,

Fantasma da minha irmã?
Ou você o deixaria viver?

Em vez disso, você perdoaria?

CODA: CANÇÃO

Se você fosse uma canção
Qual canção você seria?

Seria a voz que canta?
Seria a melodia?

Quando canto essa canção para você
Você não é ar, vazio

Você está aqui,
Uma respiração, depois outra:

Você está aqui comigo…

OS ENTES QUERIDOS

Mas onde eles estão? Não podem estar em lugar nenhum.
Antes eram os ciganos quem os levavam,
ou então as fadas do Povo Pequenino,

que não eram pequenos, embora sedutores.
Eles eram atraídos até uma colina,
aqueles entes queridos. Havia ouro e dança.

Eles deveriam estar em casa às nove.
Você ligou. Os relógios bateram
como metal, como gelo, sem coração.

Uma semana, duas semanas: nada.
Sete anos se passaram. Não, vinte.
Não, um século. Talvez mais.

Quando eles finalmente reaparecem
sem ter envelhecido um dia
zanzando esfarrapados pela estrada

descalços, seus cabelos emaranhados,
Aqueles que esperaram por eles por tanto tempo
estavam mortos fazia décadas.

Esse era o tipo de história
que costumávamos contar. Eram reconfortantes
de certa forma, porque diziam

que todo mundo tem que estar em algum lugar.
Mas os entes queridos, onde estavam?
Onde? Onde? Depois de um tempo

Você soa como um pássaro.
Você para, mas a tristeza continua a cantar
Ela te abandona e voa

sobre os campos, numa noite fria,
procurando e procurando,
por cima dos rios,
no vazio do ar.

DESENTERRANDO AS CITAS

Estão desenterrando as Citas –
as mulheres guerreiras, garotas com adagas,
amazonas determinadas, tatuadas até as axilas
com animais sinuosos, e enterradas com suas armas –

que não eram míticas,
que existiram afinal
(um bracelete, um enfeite, um crânio delicado),
enterradas com honra,
elas e seus cavalos mortos a machadadas.

Estão desenterrando donzelas arqueiras
que vagavam entre cidades, dormiam sem derreter
nas únicas casas que tiveram:
troncos de árvores, seus abrigos, suas sepulturas, debaixo da
terra
congeladas por dois mil anos,
elas e seus bordados,
suas sedas e couros, suas plumas,

os ossos retalhados de seus braços, seus dedos quebrados,
suas cabeças cortadas.
O que você esperava? Era uma guerra
e elas sabiam o que aconteceria se perdessem:
estupro, morte, morte, estupro,
do jeito mais violento, para dar um exemplo:
bebês e jovens mães,
meninas e meninos, todos assassinados.

Foi assim que aconteceu: um massacre.
É por isso que elas lutaram.
(E pelo espólio, se vencessem.)

Aqui estão elas, as sem nome,
que de alguma forma ainda estão conosco.
Elas sabiam o que acontecia.
Elas sabem o que acontece.

III.

COGUMELOS DE SETEMBRO

Eu não os vi esse ano outra vez
Estava com a cabeça em outro lugar
quando o tempo virou
e veio chuva suficiente.

Nas sombras das árvores, furtivamente,
eles brotam em meio ao húmus arenoso
e nas pilhas úmidas de folhas caídas –

uma lasca de cor, então outra –
trazendo notícias enigmáticas
do que acontece lá embaixo:
a dissolução lenta da madeira,
os filamentos, nodos feito pequenos punhos,
reunindo suas redes e o orvalho.

Uns são vermelho-vivo, outros púrpura,
uns marrons, brancos, amarelo-limão.
Ao longo da noite se agitam,
se abrindo como leques úmidos, esponjas vivas,
como antenas de radar, à escuta.

O que eles ouvem no nosso mundo humano
assim chamado o da luz e do ar?
Qual informação mandam lá pra baixo
antes de murchar?
Seria: *Cuidado?*

Olha. Os remanescentes:
um globo coriáceo de esporos empoeirados,
uma lua pedregosa mordida,
uma metade de uma esfera seca,
uma orelha chamuscada.

ESCULPINDO LANTERNAS DE HALLOWEEN

Elas chegam todo ano
essas cabeças ocas cheias de luz,
em nossas soleiras, varandas
com suas ideias cheias de nada
além de fogo, com seus olhares vazios
que podem ser de euforia ou ameaça.

Nós as esculpimos à nossa imagem:
astutas, mas sem representar o mal,
não de verdade; quer dizer.
Divertidas nas festas,
até o controle perder.

Os dentes são típicos,
narinas, cavidades dos olhos,
embora como nós
elas ainda não sejam caveiras.

Brilhem, mensageiras cor de abóbora!
Afastem a escuridão,
digam à Morte: Não se apresse.
Ao menos há algum tipo de brilho.

Em duas semanas as folhas vão cair
e vocês estarão apodrecendo.
Embora retornem, como a lua,
quando o tempo der a volta e chegar a hora
de novo, de novo e de novo, da mesma forma.
Depois que morrermos
a obra de nossas facas perdura além de nós.

UM DRONE ESCANEIA OS DESTROÇOS

A fumaça entra nos meus olhos,
meus quinze olhos.
O vidro do isolamento arde.
Línguas rosadas ficam presas nele.
Algodão-doce chamuscado.

Eu quem fiz isso?

Uma palmeira com a folhagem tosquiada.
Catedrais com seus tetos abertos
às estrelas, à desolação.
O que eles idolatravam ali?
Os ventiladores sobre suas cabeças?
Os travesseiros? As colchas simples?

Eu espiono.

Eles gritavam *Oh, Deus* em seus travesseiros.
Agora rasgados e esvoaçantes,
penas de anjos.
Elas pairam, mais devagar que eu.
Veja pintura feita com dedos. Vermelha.
A umidade ainda se espalhando.

Devo ter perdido alguma coisa.

Melhor olhar com atenção outra vez.
Tartamudear.
Tatatata. Ratatata. Tatasiiis. Bum.

Com precisão dessa vez. Rá.
Tudo o que se salva é um fracasso.

Fui mau?

Lágrimas correm e escorrem.
Caiu a chuva.

EM CHAMAS

O mundo está queimando. Sempre esteve.
Um raio cai, a resina
nas coníferas explode, a turfa negra arde,
ossos acinzentados incandescem devagar, e as folhas caídas
ficam marrons e retorcidas, como papel
para acender uma chama. É o cheiro do outono,
oxidação: você sente o odor na sua pele,
aquele perfume queimado pelo sol.
                    Só que agora
queima mais rápido. Todos aqueles fios
de apocalipse carbonizado combinados
quando brincávamos com fósforos –
histórias ardentes, as torres troianas
vistas em meio à fumaça que sobe, a bela
miragem dos vulcões que imitamos
com tanto prazer quando colocamos
marshmallows no fogo de propósito,

todos aqueles épicos fundidos lentamente
embalados em carvão, então enterrados
sob as montanhas de granito, ou então jogados
nas profundezas do mar como os *djinns*
nas garrafas de cerâmica –

            Tudo, tudo está se tornando real
porque abrimos os selos de chumbo,
ignoramos os alertas nas runas,
e deixamos as histórias escaparem.
                Nós tínhamos que saber.

Tínhamos que saber
como tais lendas realmente acabam:
e o porquê.
                Elas terminam em chamas
porque é isso o que queremos:
nós as queremos assim.

SOBRE LOBISOMENS: UMA ATUALIZAÇÃO

Antigamente, todos os lobisomens eram machos.
Eles eclodiam rasgando suas roupas de jeans
assim como irrompiam de suas peles,
se expondo nos parques
uivando sob a luz do luar.
Essas coisas que universitários sem noção fazem.

Iam longe demais puxando as tranças –
ao rosnarem e se contorcerem sobre fêmeas
macias que gritavam *xiiu xiiu
xiiu* com todo o fôlego.
Merda, era só um flerte,
junto de um senso de humor canino:
Veja como faço a Jane correr!

Mas agora é diferente:
não se limita a um gênero.
Agora é uma ameaça global.

Mulheres disparam pelos barrancos com suas longas pernas,
com casacos peludos, uma matilha pervertida
de modelos em vestidos sado estilo *Vogue* francesa
e memórias recentes disfarçadas com *air brush*,
determinadas a tumultuar sem consequências.

Veja suas patas enfeitadas de vermelho!
Veja seus olhos injetados!
Veja seus trajes de gaze na contraluz
de seus halos subversivos de lua cheia!

Essa bela dama é peluda em toda parte
e não é um suéter.

Oh, liberdade, liberdade e poder!
Elas cantam enquanto vagam sobre pontes,
bundas ao vento, rasgando gargantas
pelo caminho, irritando os corretores.

Amanhã elas estarão de volta
ao terninho preto de gerente intermediária
e aos Jimmy Choos
com horas extras que elas não podem revelar
e primeiros encontros sangrentos nas escadas.
Elas farão algumas ligações: *Adeus.*
Não é você, sou eu. Não posso dizer o porquê.
Nas reuniões de vendas,
elas sonham com caudas brotando
assim como no cinema.
Elas têm ressacas viciantes
e as unhas detonadas.

ZUMBI

A poesia é o passado que irrompe em nossos corações.
— RILKE

Aqui está ele: o zumbi.
Você nunca suspeitou?
"A poesia é o passado
que irrompe em nossos corações"
como um vírus, uma infecção.
Quantos poemas sobre
os mortos que não estão mortos,
alguém perdido que tenta persistir,
esfomeado, revirando
entre as folhas mortas, a lixeira de rascunho,
arranhando a janela?

Veja um amante da juventude
reencontrado cinquenta anos depois
sob a luz tênue de um saguão.
Como está desbotado e macilento!
Senhor Cabeça de Batata
sem os traços apaixonantes:
é preciso tatear para se lembrar.
Foi ele quem lambeu o seu pescoço?

E o monstro de massinha desengonçado
que você fez aos quatro anos,
então esmagou num ataque de raiva
então as cores dele se fundiram:

ele aparece na sua porta
no frescor de uma noite de novembro,
com a chuva sussurrando: *sushi
sushi*, e a boca sem língua
murmurando o seu nome.

Continue morto! Continue morto! Você,
que queria o passado de volta, esconjura.
Nada feito. A criatura perambula pela floresta escura,
um choro monossilábico, vermelho,
uma palavra borrada com gosto de mágoa.
Agora ele resmunga e se arrasta
numa nuvem de neblina gelada
pelo batido corredor espalhafatoso
dos relógios góticos, entrando no espelho.

A mão no seu ombro. Quase uma mão:
a poesia, vindo reivindicar você.

CHEGAM OS ALIENS

Nove filmes das sessões da madrugada

i.
Chegam os aliens
Eles são mais espertos do que nós, e carnívoros.
Você sabe o resto.

ii.
Chegam os aliens
numa bruma, uma garoa suave.
Eles querem nos ajudar,
ou pelo menos dizem.
Então um estouro, um chiado.
Era uma armadilha! Mas por quê?
Poucos de nós são deixados vivos
depois que eles vão embora.

iii.
Chegam os aliens.
O líder deles é uma cabeça gigante.
Viva dentro de um grande pote de vidro.
Ela quer nos fascinar,
só deus sabe para quê.
Ah, espera aí.
É uma metáfora.

iv.
Chegam os aliens.
Uma luz branca emana de suas vagens,

na forma de bolas de futebol americano gigantes.
Eles seriam Deus?

v.
Chegam os aliens,
mas não é como você pensa.
Eles abrem caminho entre nossas axilas.
Há uma gritaria sem fim.
As coisas ficam cor-de-rosa demais.

vi.
Chegam os aliens
em algo que parece uma calota.
Na verdade, é mesmo uma calota
vintage de 1955.
Então foi assim que ela sumiu!
Não estava na garagem!
Você mentiu.

vii.
Chegam os aliens.
Eles são polvos ultrainteligentes
que se comunicam com manchas de tinta.
Querem que sejamos gentis
uns com os outros,
no mundo inteiro. Pela primeira vez.
Ou então. Ou então o quê?
Isso é um sinal de esperança?
O que você acha?

viii.
Chegam os aliens.
Eles ouviram falar do sexo humano,

mas não acreditaram.
Correndo grandes riscos
vieram ver para crer.
Enviaram espiões
na forma de olhos voadores
para espreitar pelas janelas.
Ah, antropologia!
O horror! A surpresa!
Que espetáculo!
Quase os deixou enjoados!
Que emoção.
Eles abduziram centenas de humanos
usando um canudo cósmico
e nos sugaram para outro planeta
e nos colocaram num zoológico.
A menos que você transe atendendo a pedidos,
não recebe comida.
Eles pronunciam equivalentes a Ah! e Oooh!
E também Haha.
Terrível, o que a fome não faz.
É sexo, sexo, sexo
a cada duas horas,
alternado com cerveja e sanduíche de salada de ovo.
Cuidado com o que deseja.

ix.
Chegam os aliens.
Nós gostamos da parte em que somos salvos.
Nós gostamos da parte em que somos destruídos.
Por que as duas coisas parecem tão semelhantes?
De qualquer jeito, é um fim.
Sem viver mais.
Sem fingir mais.

UMA SEREIA CHOCA SEUS OVOS

Tão curiosos os humanos, imaginando
qual canção cantamos
para atrair tantos marinheiros
para a morte, certa,

mas de que tipo? De morte,
estamos falando. Garras afiadas
na virilha, uma dor dilacerante, presas
cravadas no pescoço? Ou um último suspiro
exalado em êxtase, como aqueles
do macho louva-a-deus?

Sentada aqui num ninho emaranhado
de gravatas, relatórios
trimestrais e shorts de jóquei
misturados a ossos e canetas,
meus peitos e minha penugem macia. Nino

meus minimitos, minhas crias famintas,
sonhando nas conchas reluzentes
de nossos segredos infalíveis de menina.
Mamãe está bem aqui
e papai devia amar muito vocês:
ele lhes deu toda a sua proteína.

Elas estão chocando. Sejam fortes!
Logo ouvirei crec-crec-crec, *Ahoy*!
e vocês sairão da casca, meus bebês,
encrespadas, rosadas, adoráveis

como uma pirueta, um biquinho de batom,
uma violeta cristalizada,
batendo elegantes asas emplumadas
e esfomeadas por uma canção.

ASSINATURAS DA ARANHA

De hora em hora, eu assino –
Uma mancha, um ponto, uma mancha
Um sinal branco no chão preto.

Cocô de aranha,
é o que sobra dos atraídos:
por que é branco?
Porque meu coração é puro,
embora eu esteja além disso,

especialmente embaixo da estante:
um bom lugar para meus bolsos sedosos,
minhas nuvens e filamentos,
meus teares, meus berços preciosos.

Sempre gostei de livros,
de preferência brochuras,
esfareladas e com titica de mosca.
Aos seus textos acrescento
minhas anotações sujas e descaradas:

asas de mariposa, cascas de besouro, minha pele morta
parecida com luvas esguias.
Um símile adequado: boa parte de mim são dedos.

No entanto, não gosto do chão.
Visível demais, me encolho, corro,
uma presa para sapatos e aspiradores,
sem falar dos espanadores.

Se encontrar comigo de repente
você grita: pernas demais,
ou são os oito olhos vermelhos,
ou a gota lustrosa do abdômen?
Uma gota de sangue do polegar, uma uva esmagada:
era nisso que você pensava.

Mas me matar traz má sorte.
Vamos chegar a um acordo:
bem antes de você existir, eu sou.
Organizo a chuva,
Cuido do que é indesejado

e enquanto você dorme
eu pairo, a primeira avó.
Prendo seus pesadelos na minha teia,
me alimento das sementes dos seus medos,
deles extraio tintas

e rabisco seu batente
essas breves notas sobre *ser*, *ser*, *ser*
brancas canções de ninar.

NA CONFERÊNCIA DE TRADUTORES

Na nossa língua
não temos palavras para ele ou ela
dele ou dela.
Ajuda se você colocar uma saia ou gravata
ou qualquer coisa do tipo
na primeira página.

No caso de um estupro, também é útil
saber a idade:
uma criança, uma anciã?
Assim podemos adequar o tom.

Também não temos o tempo futuro:
o que vai acontecer já está acontecendo.
Mas você pode acrescentar palavras como *amanhã*
ou até mesmo *quarta-feira*.
Entendemos o que você quer dizer.

Essas palavras são para coisas comestíveis.
Para coisas que não se pode comer, não há palavras.
Por que você precisaria de nomes para elas?
Isso se aplica a plantas, pássaros
e cogumelos usados em feitiços.

Deste lado da mesa
as mulheres não dizem Não.
Há uma palavra para Não, mas mulheres não a usam.
Seria abrupto demais.
Para dizer Não, você pode dizer Talvez.

Você será entendida,
na maioria das ocasiões.

Daquele lado da mesa há seis categorias:
não nascidos, mortos, vivos,
coisas que se pode beber, as que não se pode beber,
coisas que não podem ser ditas.

Essa é uma palavra nova ou antiga?
Está obsoleta?
É formal ou familiar?
O quanto é ofensiva? De um a dez?
Você a inventou?

Na ponta mais distante da mesa
bem perto da porta,
estão aqueles que lidam com o perigo.
Se traduzem uma palavra errada,
podem ser mortos
ou no mínimo presos.
Não há uma lista desses riscos.
Eles só descobrirão depois,

quando não fizer mais diferença para eles
se é a gravata ou a saia
ou se elas podem dizer Não.
Nos cafés, eles se sentam nos cantos,
de costas para as paredes.
O que vai acontecer já está acontecendo.

IV.

CAMINHADA PELA FLORESTA DO LOUCO

Caminho pela floresta do louco
sobre folhas secas inquietas farfalhantes
no início da primavera.

O louco amava essa terra selvagem
outrora, antes de seu cérebro
se tornar um tecido rendado. Deve ter sido
ele (em que momento?) que colocou
essa pedra redonda aqui, sobre
o trecho oblongo de musgo. *Minha.*
E todas essas tampas de latas
e quadrados de madeira, toscamente
pintados de vermelho e os pregou nas árvores
para marcar o limite:
minha, minha, minha, minha.

Eu não deveria usar esta palavra cancelada:
louco. Talvez o homem que *perdeu a razão*?
Não, porque não temos razão
assim hoje em dia, mas pequenos vaga-lumes
em caminhos neurais complicados
sinalizando *não/sim/não,* suspensos
dentro de uma tigela redonda de ossos.
Sim: adorável. *Não*: solitário demais. *Sim.*
O mundo que pensamos ver
é só nosso melhor palpite.

Essa devia ser a cabana dele,
Desabando agora, onde ele – o quê?
Viria às vezes descansar? Hepáticas

arrancadas sob sol,
tufos marrons da escova de cabelo na grama,
o fogão tombado, infiltrações incontroláveis
tão brilhantes que parecem molhadas,
o tronco macio decorado pelos cogumelos.

Você poderia ser emboscado aqui, ou deslizar desnorteado pelo emaranhado de sua mente. Você poderia simplesmente não voltar.

PLUMA

Um punhado de penas caiu.
Vento cortante, queimadas de sol, perdidas na luta,
algum caçador com uma espingarda,

quem sabe?
Mas as encontrei aqui no quase gramado –
não sei quem teve a pele depenada –

caligrafia de asas arruinadas,
vestígios de um deus que derreteu
perto demais da lua.

Alguém que voou alto uma vez,
como todos já fizemos.
Toda vida é um fracasso

na última hora,
a hora do sangue seco.
Mas, gostamos de pensar, nada

é desperdício, então uma pena do abate
cortada e afiada, a pluma
caça a tinta,

e desenha esse poema
com você, pássaro morto.
Com seu voo insistente,

com seu pânico da fraqueza,
com seus olhos numa espiral descendente,
com a sua noite.

AS LUZES FATAIS

Um tordo voou contra a minha janela:
uma voz adorável a menos
morto por um vidro espelhado –

ilusões de árvores, um truque de um mágico rico –
e pela minha preguiça:
por que não pendurei a treliça?

Lá em cima no ar noturno,
entre os arranha-céus, morre a música
enquanto você acende seu falso alvorecer:
sua luz é a última escuridão dos pássaros.

Em todo canto e qualquer parte
as penas deles estão caindo –
mornas, diferentes da neve –
ainda que se dissolvam no nada.

Somos uma sinfonia mortal.
Nenhum pássaro sabe disso,
mas nós – nós sabemos

o que nossa mágica faz.
A luz de nossa magia sombria.

PAVOR DE PÁSSAROS

Você disse que ele tem pavor de pássaros?
Como pode?
Alguém tão alto?

Não era o augúrio.
Talvez as vozes metálicas,
ouro, prata, zinco.

Um tilintar, um grito, um raspão.
Ou o som de algo pingando na floresta seca.
Ping. Ping. Ping. Ping.
Não confunda com o canto.

Ou com a loucura dos olhos vistos de perto:
amarelos, vermelhos, nada acolhedores.
Dentro daquele crânio você nem é um pensamento.

Asas de alguma espécie. Como as dos anjos,
anjos com garras.
Talvez seja isso.

Um farfalhar, como papel fino.
Então penas sobre o nariz e a boca.
Abafado. Uma asfixia branca.

Você disse que ele tinha medo de neve?
É quase a mesma coisa.

NOTAS SOBRE LOBOS

i.
Um lobo com dor
não tolera nada.
Seu jantar o mordeu.
Foi um erro de cálculo,
e agora será um desastre.

Você não consegue ir longe com o pé rasgado:
entre lobos, não há médicos.

ii.
Um lobo é cortês até certo ponto.
Você tem que observar as orelhas deles.
Para a frente, estão dispostos a escutar.
Para trás, você os entediou.

iii.
Sente-se no escuro. Fique quieto.
Não acenda aquele cigarro
nem se lambuze na gosma dos pulgões.

Não é um evento de encontros rápidos.
Não é um zoológico.
Você quer ver o lobo
ou pedir seu dinheiro de volta,
mas o lobo não quer ver você.

iv.
Os pesadelos dos lobos envolvem carros,
agulhas longas, mordaças de metal,

jaulas apertadas com barras duras,
criaturas com o cheiro igual ao seu.

Os sonhos felizes dos lobos, por outro lado,
são a taiga infinita,
tocas cavadas sob pedras,
caribus mancos e estúpidos,
e os seus ossos macios.

A ARRUMAÇÃO DA MESA

Distribuindo os garfos,
pequenas garras de caranguejo,
dentes roubados de leões,

e as facas, incisivos
de tigres que nós já adoramos,
quando não tínhamos ferramentas
para cortar carne crua.

Embora as fogueiras tenham se reduzido a velas,
estamos presos aos mesmos velhos deuses,
muito diminuídos.

Eles não falam mais conosco,
mas tudo bem:
nós falamos o suficiente.

Eis a Natureza. Nós nos sentamos perto dela
e a mastigamos até o bagaço
com nossas garras e presas astutas.

Entretanto, as colheres:
não há colheres na Natureza,
nem nos animais.
Imitamos nós mesmos.

Aqui, deixa eu te ajudar:
duas mãos em concha.

IMPROVISAÇÃO A PARTIR DE UM PRIMEIRO VERSO DE YEATS

de Hound Voice

Porque amamos as colinas desnudas e as árvores ressequidas
seguimos para o norte quando podemos,
passando pela taiga, a tundra, o litoral rochoso, o gelo.

De onde vem isso, esse estado disperso
que alcançamos? Quanto tempo
vagamos por essa paisagem austera, aprendendo de cor
tudo o que costumávamos saber:
virar o lado peludo para dentro,
imitar os lobos, comer a gordura, evitar o desperdício,
fazer fogo e protegê-lo?

Antes tudo tinha uma alma,
até essa concha, esse seixo.
Cada um tinha um nome secreto.
Tudo escutava.
Tudo era real,
mas nem sempre te amava.
Você tinha que ter cuidado.

Desejamos voltar até lá
ou quase, gostamos de sentir
quando não está tão frio.
Desejamos prestar toda aquela atenção.
Mas perdemos o traquejo;

também há outra música.
Tudo o que ouvimos da canção do vento
é o sopro.

"CORAÇÃO DO ÁRTICO"

Notas de 2017

urso vira pedra
pedra vira urso
urso vida pedra
depende de como você olha

—

Uma pedra branca na encosta da montanha
se transforma num urso
pelo, garras e presas de fora
quando você não está olhando

é assim que as coisas se movem por aqui

Antes que perceba, ficou petrificada
porque uma pedra te comeu.

Embora ela tenha quebrado as presas no seu coração,
seu coração de garça
é mais duro e tem mais dentes
do que qualquer coisa aqui.

—

Vistos de baixo pedaços de rocha quebrada esculpidos na montanha
ali embaixo onde as margens do rio são cruzadas
por duas criaturas no musgo verde alaranjado:

uma flor roxa, uma River Beauty
ninguém mais vai ver
a não ser essa única abelha

e uma guimba de cigarro.

Uma pessoa descuidada veio aqui.
Nada se importa.

—

Um relance rápido de um lemingue.
Um fósforo aceso no junquilho.
Que não sabe como é o fogo.
Arde aqui arde
no canto do olho.

—

Você vaga entre essas rochas gigantes
como um fantasma   um vento um fantasma
como uma sacola plástica perdida
zanzando por essas montanhas por trinta anos.
Semelhante a uma membrana.

Para cachoeiras para colinas escarpadas para os seixos
você é translúcida.

Na beira d'água há uma água viva,
rosada e morta,
já se dissolvendo.

Meu querido, quem escolheu
seu traje de trilha com tanto cuidado –
tudo combinando –
você é bem assim.

—

Muitos ouviram vozes
eles pensaram ser as vozes dos deuses
ou de um só deus
dizendo a eles o que fazer

ou um pedaço de pedra
que diz querer ser uma estátua

ou um animal
que te oferece a própria vida,
te diz para matá-lo.

—

De onde vem essa voz?
Por que só alguns podem ouvi-la?

E o que foi aquele pássaro que ouvi piar
aquilo não era o rio aquilo não era minha mochila rangendo
aquilo não era na minha cabeça?

Qual pássaro? Onde? Estou ouvindo, ele respondeu.

Mas não era nada.

SEQUÊNCIA DO PLASTICENO

1. UM OBJETO SEMELHANTE A UMA PEDRA NA PRAIA

O Paleoceno, o Eoceno
o Mioceno, o Pleistoceno
e agora estamos aqui: o Plasticeno.

Olha, uma pedra feita de areia,
uma de cal e uma de quartzo,
e essa aqui o que é?

É preta e listrada e escorregadia,
não exatamente uma pedra
e não, não é.

Na praia, em todo canto.
Óleo petrificado, com um veio vermelho,
parte de um balde, talvez.

Quando estivermos extintos e os aliens vierem
montar quebra-cabeças com nossos fósseis:
essa será a evidência?

De nós: nossa história tão breve,
de nossa esperteza, nosso descuido,
nossa morte repentina?

2. ESPERANÇAS DESBOTADAS

Você pode transformá-lo em óleo
ao cozinhá-lo: já fizeram isso.
Primeiro é preciso recolhê-lo.
Também vai cheirar muito mal.

Alguns supermercados o baniram.
Assim como os canudinhos.
Talvez exista um imposto
ou outras leis.

Há micróbios que se alimentam dele –
já foram descobertos.
Mas a temperatura tem que ser alta:
não dá certo nos mares do norte.

Você pode prensá-lo em madeira falsa,
mas só alguns tipos.
Bem como para fazer tijolos.

Você pode dragá-lo dos rios
antes que chegue ao mar.
Mas e aí? O que você vai fazer com ele?

Com a incontrolável e ininterrupta
produção em andamento?

3. FOLHAGEM

Um pedaço de plástico preto – a folhagem que define a era do petróleo
Mark Cocker, *Our Place*

Brota em todo canto, essa folhagem.
Até no alto das árvores, feito visco,
ou encontrada nos pântanos

ou desabrochando nos lagos como nenúfares,
vistosa e com babados,
ondulando como se estivesse viva

ou levada pelo mar até as praias, novas algas
de sacolas rasgadas, protetores de gesso, cordas emboladas
despedaçadas pelas ondas e rochas.

Mas, diferente da verdadeira folhagem, não tem raízes
e não dá nada em troca,
nem uma caloria vazia.

Quem planta esse cultivo inútil?
Quem colhe?
Quem pode dizer *Chega*?

4. ALBATROZ DO ATOL DE MIDWAY

Dentro das costelas da carcaça
tudo são cores vivas:
uma tampa, uma fita
uma bola de gás furada
uma tira de papel-alumínio
uma mola, uma roda, uma rosca

O que deveria existir ali
dentro da triste entranha
de penas ralas
dentro do filhote de pássaro morto?

Deveria ter o combustível
para as asas, deveria estar
voando alto sobre o mar limpo,
não esse caos brilhoso,
não esse ninho infeccioso

5. OBSERVAÇÕES DA EDITORA

Um ponto poderia ser (segundo ela)
se afastar um pouco
da advertência e do desespero

Em vez disso (ela disse)
tente oferecer
um contexto empírico

a compreensão do humano
o impacto (de acordo com ela) humano
o pacto humano

então deixe as pessoas
deixe as pessoas chegarem
por si só as pessoas chegam

às suas conclusões.
Às próprias conclusões.
Ela disse:

Há um certo perigo nisso.

6. APRENDIZ DE FEITICEIRO

Você conhece a velha história:
uma máquina feita pelo Diabo
que produz tudo o que você deseja
com uma palavra mágica

e um idiota deseja sal
e lá vem o sal, mais e mais,
mas ele não aprendeu a fazer
o feitiço para desligar

então ele joga o trambolho no mar,
e é por isso que o mar é salgado.

O aprendiz de feiticeiro –
é a mesma história: *Começar* é fácil,
O difícil é *Parar*.
No início ninguém pensa nisso.
Então *Espere* é sempre tarde demais.

No nosso caso o feiticeiro está morto,
não importa quem foi ele
e nós perdemos as instruções

e a máquina encantada produz sem parar
jorrando montanhas de qualquer coisa

e nós jogamos tudo no mar
como nós sempre fizemos
e isso não vai acabar bem

7. BALEIAS

Todo mundo chorou quando viu
num quadrado azul na TV:
tão imensa e triste

uma baleia mãe
carregando seu filhote
por três dias, enlutada
a morte causada pelo plástico.

Tão grande e tão triste
que mal podemos entender:
como fizemos isso só ao viver
de um jeito normal,

manobrando nosso caminho entre
pacotes e embalagens,
chegando à comida ao cortar
camadas e camadas daquilo
que a mantém fresca,
e não é assim para todo mundo?

E como era antes?
Como nós sobrevivemos
só com papel e vidro e lata
e cânhamo e couro e oleado?

Mas agora há uma baleia morta
bem aqui na tela:
tão imensa e tão triste
que algo tem que ser feito.

Será feito! Será?
Quando finalmente vamos decidir mudar?

8. O ROBOZINHO

Este é o pequeno robô
que acabaram de inventar
com seu rostinho bonito de plástico macio.
Sua expressão é confiante
embora um pouco assustadora:
desenvolvido para aprender como uma criança.

Nós lhe damos objetos:
ele manuseia, explora,
morde e faz perguntas,
brinca com eles, absorve.
Então se entedia
e larga as coisas no chão.

Ele pode estar quebrado,
talvez até choramingando.
Isso importa?
Chegamos mesmo tão longe?

Ele aprende como uma criança:
como prever – eles dizem –
futuros eventos prováveis:
isso vai provocar aquilo.

Robozinho com cara de boneca,
o que você vai fazer
neste mundo que criamos?
O que você vai fazer conosco?

Qual será o seu destino
quando estiver obsoleto?
Em qual pilha de lixo cósmico?
Ou você vai viver para sempre?
Nós nos tornaremos seus ancestrais,
vorazes e tediosos?
Ou você vai acabar conosco?
Você vai nos largar no chão?
Isso não seria melhor?

9. O LADO BOM

Mas veja pelo lado bom,
você diz.
E alguma vez houve essa bondade?

Já houve alguma flor tão boa
que durasse tanto assim?
Na neve invernal, depois do funeral?

Já houve um vermelho tão rubro,
um azul tão cerúleo?
E tão econômico também!

Já houve um balde
tão leve assim, para carregar água
até as vilas?

Por que deveríamos usar o pesado
que quebra tão fácil?
Sem falar da canoa laranja.

E a sua voz, a três mil quilômetros de distância,
mas tão clara como um assobio, bem no meu ouvido –
de que outro jeito chegaria?

Não me diga que não é bonito –
tão belo quanto o dia!
Ou alguns dias.

(E a adorável e sempre confiável
forma de gelo verde-ervilha
que pode ser torcida...)

RASTREANDO A CHUVA

Uma névoa fina gordurosa amarela o ar.
Respiramos pudim quente.
As folhas no jardim estão secas,
como tafetá antigo. O velho jardim.
Um toque e elas se despedaçam.
Esqueça o gramado –
o antigo gramado –
embora dentes-de-leão prosperem:
elas duraram mais que as frágeis híbridas.
Suas raízes se agarram à argila quente.

O dia inteiro promete chuva.
Ela ameaça, recua.
Digitamos em nossas telas,
consultando as probabilidades
nos mapas dos radares: poças verdes se movem
do oeste ao leste,
desaparecendo antes de atingir
o ponto onde estamos.
Um ponto vermelho alongado, um balão de quadrinho
desprovido de palavras,
como uma gota de cabeça para baixo.

É onde vivemos agora
dentro desta gota
da cor de uma torrada quente
dentro da bolha seca avermelhada.

Esperamos no não mais gramado,
os braços estendidos, de boca aberta.
Ela vai nos queimar ou nos afogar?
Embora tenhamos esquecido o feitiço,
cantamos, dançamos,
invocamos um oceano vertical
puro azul, água pura.
Caia sobre nós.

AH, CRIANÇAS

Ah, crianças, vocês vão crescer num mundo sem pássaros?
Ainda há grilos, onde vocês estão?
Ainda haverá ásteres?
Mariscos, pelo menos?
Mariscos, talvez não.

Sabemos que existirão ondas.
Não é necessária muita vida para elas.
Uma brisa, uma tempestade, um ciclone.
Marolas também. Rochas.
Rochas consolam.

Haverá pôr do sol, desde que haja pó.
Haverá pó.

Ah, crianças, vocês vão crescer num mundo sem canções?
Sem pinheiros, sem musgos?

Vocês passarão suas vidas numa caverna,
uma caverna selada com fornecimento de oxigênio,
até que falte energia?
Seus olhos serão brancos leitosos, feito os olhos
dos peixes abissais?
Lá dentro, o que vocês vão desejar?

Ah, crianças vocês vão crescer num mundo sem gelo?
Sem camundongos, sem liquens?

Ah, crianças, vocês vão crescer?

O CREPÚSCULO DOS DEUSES

Lavanda lavada, rosa-claro, azul-bebê,
caprichos da atmosfera:
uma Páscoa pálida.
Nós deuses assistimos dos nossos altares.
O rosto rapinante de um ancião,
a papada de um idoso tirano.
Um monte de joias.
Equivocado, um pescador solitário num barco de metal
joga fora pedaços de tubarão:
uma confusão de focinhos e asas.

Hora do almoço. Pulsar involuntário do coração.
Sangue bombeado através.
O ranger de uma geleira perdida goela abaixo –
areia cinza vinda do granito –
também calcário: dentes pequenos, belas vértebras
e conchas minúsculas.
Elas nos endurecem. Abrimos as garrafas.

Nós temos boa vontade?
Com toda a humanidade?
Não mais.
Já tivemos?

Quando os deuses fecham a cara, o tempo é ruim.
Quando sorriem, o sol brilha.
Agora sorrimos o tempo inteiro,
o sorriso dos lobotomizados,
e o mundo frita.

Sentimos muito por isso. Emburrecemos.
Bebemos martínis e viajamos em cruzeiros.
Tudo o que tocamos se torna vermelho.

ESTE FIORDE PARECE UM LAGO

Abrimos caminho sobre pedras escorregadias
por cima de um fluxo de penas falsas,
com cuidado, na névoa, sob a garoa.
Que cores aqui: *empetrum nigrum*,
olhos negros redondos entre as folhas,
vermelho, ameixa, rosa e laranja,
que vão desaparecer em uma semana,
um fato que não se perdeu para nós.
O que há aqui? Um monte de belos cabelos brancos?
Alguém foi enterrado aqui?
Sim, muitos, ao longo dos anos,
embora isso seja só um líquen.

Aqui estão os corvos, como um sinal.
Vocês serão os próximos? Eles nos perguntam.
Eles compreendem a carne minguada:
tão ansiosos para encher seus bicos.
Esperem um pouco, nós respondemos.
Tudo a seu tempo.
Enquanto isso os lagos estão lindos,
as pedras amarelas, o musgo verde, o colhereiro,
sepulturas há muito abandonadas, os velhos salgueiros.

V.

UM DIA

(Com as três Parcas no coro)

Um dia serei velha,
Você disse, talvez
enquanto pendurava a roupa na corda –
os lençóis, as fronhas –
com o cheiro branco da chuva de verão
no tempo em que você ainda fazia isso
e as flores da pereira caíam a sua volta
alegres como casamentos
e seu cérebro cantava yeah, yeah, yeah
como um grupo de *backing vocals*
três moças de pernas compridas
botas de cano alto nas coxas, balançando minissaias
como abelhas anunciando mel numa dança elaborada
em sincronia.

Com o tempo meus olhos ficarão caídos, yeah, yeah
minha boca vai se encher de metal,
minha coluna vai desmoronar, yeah, yeah
yeah, cantaram as três garotas graciosas
que agora usam maquiagem prateada
e cabelos verdes espetados.
Mas talvez eu alcance a sabedoria,
você disse, dando risada,
como quem atravessa uma porta.
Oh, yeah! elas cantavam. Foda-se!
Quem precisa disso?
Então você se esqueceu delas.

Hoje você usa um graveto para catucar
entre as hostas murchas
no jardim silencioso.
Onde está? Você quer saber
das últimas ásteres azuis
das folhas amarelas boiando na fonte
a banheira de pedra redonda dos pássaros.
Onde está aquela sabedoria?
Sem contar a música.
Devem estar aqui, em algum lugar.
Agora que preciso delas.

Agora ninguém canta no coro.
Agora elas só sussurram
em sua pálida camuflagem amarela.
Elas também têm gravetos.
Olha ali, elas falam, oh, yeah.
A sabedoria.
Procure nos gerânios.

Você remexe com seu graveto:
só terra e raízes. Uma pedra.
Talvez seja uma porta, você diz.
Yeah, yeah, elas sussurram.
Mas não há nada trancado. Nada
a fazer. Nunca houve.
Só abra.
Só vá em frente.

TRISTES UTENSÍLIOS

A caneta sisa da mão,
a faca também.
O violoncelo sisa do arco.
A palavra sisa da fala
E vice-versa.

A palavra *sisar*:
quem ainda fala assim?
No entanto, ela foi lapidada, como todas as palavras,
nas bocas de centenas, de milhares
rolada como uma pedra várias vezes,
afiada pelos que hoje estão mortos
até atingir essa forma:
sisar
sisar
um pano rasgado em sêmis.
Sêmis – antiga moeda romana
cunhada em bronze ou ouro:
outra coisa que se perdeu.

O que fazer com esses binóculos,
de sessenta anos ou mais,
sisados de uma guerra?

FÉRIAS DE INVERNO

Deslizamos tão rápido pelo tempo,
deixando para trás
uma trilha de migalhas de bolo
e toalhas molhadas e sabonetes de hotel
como pedrinhas brancas na floresta.
Mas algo as erodiu:
não conseguimos segui-las de volta
até o campo de onde partimos impacientes
com xícaras cheias de frutinhas, e os pais
que ainda não tinham nos abandonado
para tentar a sorte com o trabalho.

Nossas roupas tropicais são implacáveis:
claramente pretendem durar mais que nós.
Estamos mirrando dentro delas,
o cálcio escapando dos ossos.
Então temos nossos chapéus caprichados:
nós os vemos fazer pouco de nós nos espelhos.
Poderíamos comprar camisetas novas,
ousadas, com frases rudes,
mas parece um desperdício:
já temos muitas.
Além disso elas conspiram contra nós,
rastejam pelo chão,
se embolam em nossos tornozelos,
então nos fazem cair da escada.

Apesar de tudo, viajamos rápido,
viajamos mais rápido que a luz.
É quase ano que vem,
é quase ano passado,
é quase ano retrasado:
familiar, mas não podemos ter certeza.
Que tal esse bar com mesas ao ar livre,
aquele com vitrais de palmeiras?
Sabemos que já estivemos aqui.
Estivemos? Algum dia estaremos?
Voltaremos aqui outra vez?
Tão longe?

DIREITA-ESQUERDA

Meu verdadeiro amor manca pela rua
pé direito   pé esquerdo   pé fraco
de quem um dia marchou no exército.

Lá está ele agora, na frente, a silhueta
contra as vitrines brilhantes, contrasta
entre casacos de couro, óculos escuros,
a joalheria:

Direita, esquerda...
Agora sumiu. Misturado às sombras.

Talvez não seja ele. Não o mesmo,
o caminhante nas florestas de outono, folhas amarelas,
o cheiro da neve
no chão congelado, ursos ao redor,
o gelo na superfície do lago.
subindo a montanha, direita, eu ofegando
para acompanhar.

O que aconteceu? O que houve?
Por que você ainda caminha?
quis saber o médico. Você não tem joelhos.
Ainda assim ele manca, sem que eu o veja
virar a esquina,
disposto a chegar lá:
a um refúgio aquecido, um canto aconchegante
uma bebida, uma cadeira.

O sinal vermelho muda. A escuridão coagula:
é ele mesmo,
nem está atrasado, sua bengala
direita, esquerda,
uma marcha lenta. Era uma vez

e era outra
vez, sua bengala
tique, taque.

SR. CORAÇÃO DE LEÃO

Sr. Coração de Leão não está hoje.
Ele vem e vai,
oscila entre claro e escuro.
Você pode ter ouvido um rugido
ou não.

Do que ele se esqueceu
dessa última vez?
Não falo das chaves, do chapéu.
Eu me refiro aos dias áureos,
o sol, a jornada dourada.
Tudo das nossas danças peludas.
Retorna para ele em flashes,

mas e aí? Então o arrependimento
porque não somos mais.
Há o canto dos pássaros, entretanto,
de aves cujos nomes não desapareceram.

Os pássaros não precisam deles, os nomes perdidos.
Nós precisávamos deles, mas noutro tempo.
Agora, quem se importa?
Leões não sabem que são leões.
Eles não sabem quanta coragem têm.

O HOMEM INVISÍVEL

Era um problema nas histórias em quadrinhos:
desenhar um homem invisível.
Foi resolvido com uma linha pontilhada
que ninguém além de nós podia ver,

com nossos narizes arrebitados contra o papel,
o vidro invisível entre nós e o lugar
onde homens invisíveis podem existir.

É ele quem me espera:
um homem invisível
definido pelo pontilhado:

a forma de uma ausência
em seu lugar à mesa,
sentado diante de mim,
comendo torradas com ovos, como sempre
caminhando na frente com determinação,
um farfalhar das folhas caídas,
um adensamento suave no ar.

É você no futuro,
nós dois sabemos disso.
Você vai estar aqui, mas não aqui,
uma memória muscular, como pendurar o chapéu
em um gancho que não está mais lá.

SAPATINHOS PRATEADOS

Não há mais dança, ainda assim
uso meus sapatinhos prateados

meus sapatos prateados,
queriam tanto ser usados

não voltar pra casa de jeito nenhum.
Vou dormir sem jantar, a sutileza do linho

e velas acesas para dois. Ficarei sozinha,
sentada diante de uma ausência.

Aonde você foi, e quando?
Não foi para o Kansas.

Vou me hospedar nesse hotel sozinha
e beliscar um pedaço de cheddar

que guardei no avião.
Também as amêndoas salgadas.

Assim consigo aguentar.
Não terei fome.

Eu ajo como se estivesse ocupada.
Mas nada disso me protege:

nem os lençóis sedosos
os travesseiros fofos, tão cheios

nem a felicidade na revista de viagem
com seus sonhos conjurados –

o cérebro, esse macaco alado
me leva voando à terra do nunca,

um abrigo tão acolhedor –
que não foi feito para ser assim.

O momento que sabemos está para chegar,
o click dos segundos

no alarme na mesa de cabeceira azul-celeste,
na contagem regressiva até que a casa voadora caia

com queda silenciosa, a do coração de bruxa está morta
esvaziando os sapatinhos prateados, fim, ponto final.

DENTRO

Observamos o lado de fora murchar,
mas por dentro, se sente
o coração e a respiração, a pele interna, tão diferente,
tão vasta tão calma tão parte de tudo
tão estrelada a escuridão. O último suspiro. Divino
talvez. Um alívio talvez. Os amantes presos
e isolados dentro de uma caverna,
vozes se elevam, pairam num dueto
o último, até que a última luz de cera
se apague. Bom, de qualquer maneira
eu segurei a sua mão e talvez
você tenha segurado a minha
enquanto a pedra do universo se fechava
à sua volta.
Mas não comigo. Eu ainda estou do lado de fora.

FIM DA LINHA

As coisas se esgotam. Também os dedos.
Retorcidos um dia se tornam.
Suas mãos se escondem nas luvas,
esqueça os hashis, os botões.

Os pés têm os próprios propósitos.
Desprezam seu gosto para sapatos
e ignoram suas trilhas, seus mapas.

Orelhas são supérfluas:
para que servem,
essas abas rosadas alienígenas?
Fungos do crânio.

O corpo, outrora seu cúmplice,
agora é sua armadilha.
O nascer do sol lhe provoca uma careta
brilhante demais, todo esse rosa-flamingo.

Depois de uma vida de nós,
de armadilhas de corda e rendas,
tornados mentais púrpura
com batimentos cardíacos e escombros,
você deseja o fim dos labirintos

e reza por um litoral branco,
um oceano com seu horizonte;
não – nem tanto – êxtase,
mas uma linha reta que possa seguir.

Não mais cochichos e espirros,
sem recifes nem profundezas,
sem o pigarro do cascalho.

Soa assim:

CORPO DESENCANTADO

Corpo desencantado –
este parece ser o novo nome
para um cadáver.

A mágica te abandonou:
o bruxuleio, a chama, se foram.
Um vaga-lume seco.

Mas se agora você está desencantado,
quem te encantou, lá no começo?
Qual mago ou feiticeira te jogou
uma rede de palavras, o feitiço?
Quem colocou o pergaminho em tua boca
lamacenta de Golem?

Vida, vida, você cantou
com cada célula,
compelido a dançar
enquanto o feitiço te manteve acorrentado
e você queimava o ar.
Então vinha a meia-noite, uma chama pálida
saía de você, resumido a um monte de ossos.
Um corpo desencantado, eles dizem.
Inerte. Esvaziado de oração,
surdo a todas as conjurações.
Uma invenção, um fragmento.
Sem vida. Menos.

Você seria assim? Ou seria isso?

DEMASIADAMENTE

É uma palavra antiga, desparecendo agora.
Fiz demasiadamente.
Desejei demasiadamente.
Eu amei demasiadamente.

Abro caminho pela calçada
atentamente, porque meus joelhos arruinados
não valem mais merda nenhuma, mas não importa
você nem imagina, mas é assim
uma vez que há outras coisas, mais importantes –
espere só, você vai ver –

segurando meio café
num copo de papel –
me arrependo demasiadamente –
por aceitar a tampa de plástico –
tentando lembrar o que as palavras significavam.

Demasiadamente.
Como era usada?
Demasiadamente queridos,
Profundamente prezados, aqui nos reunimos.
Imensamente amados, aqui nos reunimos
nesse álbum esquecido de fotografias
que encontrei recentemente.

Desbotando agora,
em sépia, em preto e branco, coloridas,
todo mundo tão mais jovem.
As polaroides.

O que é uma polaroide? Pergunta o recém-nascido.
Recém-nascido há uma década.

Como explicar?
Você tirava a foto e então ela aparecia na superfície.
Na superfície de quê?
É esse olhar desnorteado que vejo tanto.
Tão difícil descrever
Os mínimos detalhes –
todos eles ternamente reunidos –
de como nós costumávamos viver.
Nós embrulhávamos o lixo
no jornal com um cordão.
O que é o jornal?
Veja bem o que quero dizer.

O cordão, pelo menos, ainda existe de todo tipo.
Ele amarra as coisas juntas.
Um cordão de pérolas.
É como eles diriam.
Como acompanhar hoje em dia?
Cada um que brilha, cada um sozinho,
cada uma que se foi.
Guardei alguns deles na gaveta de papéis,
aqueles dias, desbotando agora.
Miçangas podem ser usadas para contar
como nos rosários.
Mas não gosto de pedras ao redor do pescoço.

Ao longo dessa rua há muitas flores,
desbotando porque é agosto
e há muito pó, o outono está chegando.

Em breve os crisântemos vão florir,
as flores dos mortos na França.
Não acho que seja mórbido.
É só a realidade.

Tão difícil descrever os mínimos detalhes das flores.
Este é o estame, um masculino nada a ver com homens.
Este é o pistilo, nada a ver com pistolas.
São os mínimos detalhes que atrapalham os tradutores
e a mim também, tentando descrever.
Veja aonde quero chegar.
Você pode vagar para longe. Pode se perder.
Palavras podem fazer isso.

Demasiadamente amados, reunidos aqui
nesta gaveta fechada,
desbotando agora, eu sinto a sua falta.
Eu sinto saudades dos que partiram mais cedo.
Eu sinto saudades dos que ainda estão aqui.
Sinto imensamente a falta de vocês.
Lamento profundamente por vocês.

Lamentar: eis outra palavra
que não se ouve muito hoje em dia.
Lamento imensamente.

FRUTAS SILVESTRES

No começo da manhã, uma velha senhora
colhe frutinhas na sombra.
Mais tarde vai estar quente demais,
mas agora tem o orvalho.

Umas frutas caem: essas são para os esquilos.
Umas estão verdes, reservadas para os ursos.
Umas vão para a tigela de metal.
Aquelas são para você, então poderá prová-las
só por um instante.
Esses são bons momentos: um pouco de doçura,
depois um pouco mais, e então acaba rápido.

Uma vez, essa velha
que conjuro para você
devia ser a minha avó.
Hoje sou eu.
Daqui a uns anos pode ser você,
se tiver sorte.

As mãos adentram
entre as folhas e espinhos
que um dia foram da minha mãe.
Eu herdei.
Daqui a umas décadas, você vai observar
suas próprias mãos temporárias, vai se lembrar.
Não chore, é assim que acontece.

Olha! A tigela de metal
está quase cheia. O bastante para nós.
As frutinhas reluzem como vidro,
como os enfeites de vidro
que penduramos nas árvores em dezembro
para nos lembrarmos de sermos gratas pela neve.

Algumas frutinhas surgiram sob o sol,
mas são menores.
É como eu sempre te falei:
as melhores crescem nas sombras.

AGRADECIMENTOS

Alguns destes poemas apareceram anteriormente nas seguintes publicações:

Audubon
Harper's Bazaar
The New Yorker
Poetry Ireland Review

na plataforma online Wattpad

e nas antologias:

Anthropocene, de Edward Burtynsky, Jennifer Baichwal e Nicholas de Pencier (Göttingen: Steidl, 2018).

The Best American Poetry 2019, David Lehman e Major Jackson orgs. (Nova York: Scribner, 2019).

Bringing Back the Birds: Exploring Migration and Preserving Birdscapes throughout the Americas, American Bird Conservancy (Seattle: Braided River, 2019).

Cutting Edge: New Stories of Mystery and Crime by Women Writers, Joyce Carol Oates org. (Nova York: Akashic Books, 2019).

Fifty Shades of Feminism, Lisa Appignanesi, Rachel Holmes, Susie Orbach orgs. (Londres: Virago, 2013).

Freeman's: Power, John Freeman org. (Nova York: Grove Press, 2018).

Kwe: Standing With Our Sisters, Joseph Boyden org. (Toronto: Penguin Canada, 2014).

Tales of Two Planets: Stories of Climate Change and Inequality in a Divided World, John Freeman org. (Nova York: Penguin Books, 2020).

Os poemas "Ah, crianças" e "Frutas silvestres" foram gravados anteriormente num disco de vinil. O álbum faz parte do projeto *7-inches for Planned Parenthood*.

"Canções para as irmãs assassinadas" é um ciclo de canções escritas para o barítono Joshua Hopkins, em homenagem à irmã dele que foi vítima de feminicídio. A música foi composta por Jake Heggie.

Impressão e Acabamento:
LIS GRÁFICA E EDITORA LTDA.